AF586906

LE PREMIER EFFECT DES AMOVRS DE G. B.

DEDIE' A SA MAISTRESSE.

BIBLIOTHEQUE ROYALE

A PARIS,
Par ESTIENNE PREVOSTEAV, demeurant
en la ruë S. Iean de Latran au College
de Cambray.

1606.

LE PREMIER EFFECT DES AMOVRS DE G. B.

DEDIE' A SA MAISTRESSE.

SES eſchantillons de mon deuoir (ma chere & vnique maiſtreſſe) vous confeſſeront bien qu'ils ſont les enfans d'vn foible iugement : mais ils vous diront auſſi qu'ils ſont conceuz d'vne ſaincte volonté conſacrée à voſtre ſeruice, & que leur autheur aime mieux mettre ſa reputation au danger du naufrage, que la conſeruer par vn ſillence que ſon ame ne peut ſupporter, conduicte de la fidelité qu'elle vous a voüée: & puis cela m'est indifferent, que le general ou le particulier les voye de bon œil ou non, pourueu que vous (le digne subject en faueur de qui ils ont pris naissance) les ayez agreables, puis que i'ay protesté de iamais ne desirer la conseruation de ma vie que pour l'a sacrifier aux contentemens de la vostre.

G. B.

A ELLE MESME.

SONNET.

Si Amour (par vos yeux) a beaucoup de pouuoir,
Si Amour (par vos yeux) nous donne de la flame,
Si Amour (par vos yeux) rend flexible nostre ame
Dessoubz les douces loix d'vn amoureux voulloir.
Si Amour (par vos yeux) voulant victoire auoir
Sur les cœurs aimantins, les force & les entame
De mille traicts si doux, que la plus cruelle ame
S'embraseroit d'amour seullement de vous voir.
Ne vous estonnez pas si i'offre à voz beautez
(Blessé de vos beaux yeux) toutes mes vollontez,
Et si vaincu d'amour mon ame ne respire
Que de vous tesmoigner sa constance & sa foy:
Car Amour ne veut pas que ie me puisse dire
Estre tout seul exempt de ceste douce loy.

A ELLE.

STANCES.

Belle dont les beautez sont toutes incomparables
Dont les rares vertus attirent tous mes vœuz:
Les effects de vos yeux estans ineuitables
Vous rengez souz vos loix les hommes & les Dieux.
Precieuse beauté (qui luist en ma memoire
Comme faict le Soleil dedans cest Vniuers:)
Qui vous va admirant s'acquiert autant de gloire
Que luy donnez d'amour par mille effects diuers.

Imitez dont beauté (la ſource de ma ſtame)
Ce Soleil qui par tout rayonne eſgallement,
Et ne rejettant point ces enfans de mon ame
Donnez leur de voz yeux vn regard ſeullement.
Ils ne s'en vont vers vous que pour vous rendre hõmage,
Non pas ſelon le loz de voſtre grand beauté :
Auſsi ne ſçauroient ils à leur apprentiſſage
Crayonner les vertus d'vne diuinité.
Car mon ame iamais d'amour ne feuſt bleſsée
Sinon que par les yeux de vous (ſon bel obiect)
Pourquoy ie n'euz iamais auſsi dans la penſée
Enuie de mettre au iour que ce premier project.
Ne le deſdaignez pas, car il n'a que pour gloire
De vous aller trouuer comme vn auant-coureur
Pour vous dire combien ont eu de victoire
Vos beaux yeux clairs-ſoleils ſur l'ame de l'autheur.

A ELLE MESME.

SONNET.

Voſtre object m'eſt vn bien ſi plaiſant & ſi doux,
Que ie l'ay iour & nuict encloz dans ma penſée:
Mon cœur inceſſamment ne va ſongeant qu'à vous,
Et voſtre Idée de moy iamais n'eſt ſeparée.
Et tout cela ce faict pource qu'il n'y a que vous
Qui ait du traict d'amour ma vollonté bleſſée:
Mais ie ne voudrois pas eſtre exempt de vos coups,
Pour eſtre le ſeigneur de la terre emperlée.

I'estime aussi bien plus de vous aimer ma belle,
Que ie ne ferois pas vne possession telle,
Qui ne peut égaller le vray contentement
Que i ay en admirant seullement vostre Idée:
Et puis pour vous seruir tousiours fidellement
Mon ame a de tout temps esté predestinée.

STANCES.

Amour voyant mon cœur luy faire resistance,
Se cacha dans les yeux d'vne grande beauté,
Où là forçant mes vœuz & ma dure constance,
Il me fist tout soudain changer de vollonté.
Car si tost que i'euz veu les yeux de ceste belle,
Ie sentis de leurs raiz tout mon cœur enflamé,
Et lors mes vollontez n'adorerent rien qu'elle,
Tant ie feuz de l'aimer promptement animé.
Aussi est-ce vn miroir où la beauté se mire,
Où l'honneur & l'amour disputent le pouuoir:
L'vn donnant le desir alors que l'on l'admire,
Et l'autre en la voyant les reigles du debuoir.
On y voit sur son front l'arge table d'yuoire,
La glace & le doux feu qui se font renommer,
Le feu donnant l'amour, & la glace la gloire,
Et tous deux ont pouuoir de sçauoir enflammer.
Sur ce champ plein de neige & d'amoureuse grace
Y naissent les desirs & croissent les refus:
Car lors que les desirs y contemplent la glace,
Cela rend aussi tost tous les esprits confus.

Le mien en est tesmoing, qui comme vne victime
Est d'vn si beau subiect iour & nuict enflamé,
Tant que s'il n'eust esté en amour magnanime,
Il fust ores de glace, aulieu d'estre allumé.
Mais Amour qui guidoit à son desir mon ame,
Afin que mon cœur feust estroictement lié,
Me fist voir ses liens sur le chef de Madame,
Qui est si richement par ondes replié.
Et alors i'aduisay ceste perruque blonde,
Les beaux liens d'amour qui vont forçant mes vœuz,
Qui comme ayans pouuoir d'enchainer tout le monde,
Lierẽt au mesme tẽps mõ cœur de leurs beaux nœudz.
Quand ie les apperceuz tressez de milles charmes
Qui me donnerent alors des plaisirs tous parfaicts,
Ie creu bien qu'ils estoient d'amour mesme les armes,
Dont il se va aidant pour monstrer ses effects.
Et ce Dieu pour tant plus me donner de la flame,
S'alla comme vn larron cacher dedans ses yeux,
Où là il attira mes vollontez, mon ame,
Mes desirs, mes pensers, mon cœur, & tous mes vœuz.
Car si tost que ie vis ces Archers de nos ames,
Ces astres dont les feux brustent tout l'Vniuers,
Ie ressenty soudain tant d'agreables flames,
Que ie tombe rauy, tout pasmé à l'enuers.
Mais ie les veux chanter Deitez souueraines,
A qui mesme les Dieux erigent des Autels:
Car ie confesse bien leurs fléches estre soudaines,
Mais neantmoins leurs coups demeurent immortels.
Et contre leurs assauts ie n'ay rien que mes larmes,
Bien que sans eux l'amour seroit peu redoubté,

Et ne veux opposer à l'effort de leurs armes
Rien ſinon que le blanc de ma fidelité.
Ses leures de corail ſa bouche nectarine,
D'où on ſent reſpirer vn baſme precieux,
Eſt ſi mignardement delicatte & pourprine,
Qu'elle va allechant les hommes & les Dieux.
Et Amour me tiroit des fleches non-pareilles,
Eſtans dans ſon beau ſein d'albaſtre rondellet :
Car j'y recognoiſſois vn printemps de merueilles,
Qui alloit decorant ceſte gorge de let.
Et voulant donc ſur moy auoir pleine victoires,
S'empara toſt de ſ mains de ma belle beauté,
Où tout au meſme temps dans ces priſons d'yuoires
Il traina doucement toute ma liberté.
Mais toutes ces beautez faut que ie les confeſſe
Auoir non des priſons, mais de ſi doux appas,
Qu'auant que de changer vne telle maiſtreſſe,
Ie puiſſe mille fois encourir le treſpas.

SONNETS.

I.

Si mon vnique bien, ſi le bien de ma vie
Me conſerue touſiours en ſa fidelité,
I'eſtime plus cent fois qu'vne principauté
Le bien dont à iamais ma vie ſera ſuiuie.
Car auſſi celle-là qui mon ame a rauie,
C'eſt le Temple d'honneur , d'amour & de beauté,
Le miroir de vertu & de la chaſteté,
Tant que les Deitez meſmes luy portent enuie.

Le los de ſes vertus, la douceur de ſes yeux,
Portent, quand ie la voy, mon ame dans les Cieux,
Quand ie ne la voy pas j'adore ſon Idée.
Son obiect me produict tant de contentement,
Que ie la veux aimer inuiolablement;
Bien que mes deſirs ſoient dans la voûte azurée.

2.

La beauté que mon cœur adore inceſſamment,
Et a qui i'ay donné ma foy comme en otage,
Eſt ſemblable au Soleil qui luiſt au Firmament,
Qui de ces doux rayons diſſippe le nuage.
Car auſſi ce Soleil que i'ayme vnicquement,
De ſes diuins flambeaux, à qui ie rends hommage,
Ses beaux yeux radieux qui me vont eſclairant
Ont fondu le glaçon qui geloit mon courage.
Si bien qu'ores mon cœur tout bruſlant de ſes feux
Ne ſçauroit rien aimer que ceſt aſtre des Cieux.
Ceſte diuinité qui eſt peinte en mon ame
Par vn crayon ſi vif, que l'immortalité
Meſme n'aura pouuoir d'amoindrir ſa beauté,
Puiſque ie vis au feu d'vne ſi douce flame.

3.

Car bien que ma beauté m'euſt tout abandonné,
Ie ne lairrois pourtant de luy faire ſeruice,
Le Ciel ayant voulu que ie luy ay' donné
Ma conſtante amitié en humble ſacrifice.
Auſſi s'il arriuoit que mon cœur enfermé
Dans le ſien comme eſtant à tous ſes faicts complice,
Feuſt de ſon amitié quelque iour guerdonné,
Ce me ſeroit auſſi vn extreſme delice.

Et puis ce m'est trop d'heur d'aimer vniquement
Ceste belle beauté l'astre du firmament,
Qui en me rauissant de sa vifue estaincelle,
A soubzmis tous mes vœuz dessoubs sa volonté,
Si bien que i'engaiay destors ma liberté
Dans la douce prison du Soleil qui mesclaire.

4.

Qui blasme qui voudra ma grand fidellité,
Qui parle qui voudra de mon amour extresme,
Ie n'aimeray iamais sinon que la beauté
Dont mon cœur n'est aussi sinon que le sien mesme.
Mon esprit qui n'est point d'inconstance agité,
Aimeroit mieux mourir que changer ce qu'il aime :
Car il a bien de soy ceste proprieté,
Qu'il aime vn beau subiect d'vne amitié supresme.
Que s'il aduient iamais que ie change d'amour,
Non que mon ame apres ne viue pas vn iour,
Qu'elle soit pour punition tousiours dans les tenebres.
Priuée de la douceur qui consolle les cœurs,
Elle ait incessamment & mille & mille ardeurs,
Et que tous ses plaisirs ne soient rien que funebres.

5.

Celle qui tient mon cœur dessoubz son doux seruage,
C'est le plus beau subiect qui soit au monde né,
Aussi a-il esté du Ciel predestiné,
Pour eschauffer d'amour mon trop gelé courage.
Car mon cœur qui iamais ne suiuoit le riuage
De l'amour, mais plustost aimoit sa liberté,
Espris de ce subiect tout parfaict en beauté,
Ne va plus qu'adorant vne si belle Image.

Subiect venu des Cieux auant-coureur d'amour,
Afin de me donner d'vne nuict vn beau iour,
Puisque ie vas aimant ceste beauté parfaicte,
Qui guinde tous mes vœuz dedans l'eternité,
Ie veux faire paroistre à la posterité,
Que mon amour est saincte & non pas imparfaicte,

6.

Que ie voy de beautez, que ie voy de douceurs
Parroistre sur le front de ma belle Maistresse,
Que ie voy de vertus qui rauissent les cœurs
Dedans le bel esprit de ma chere Deesse.
Quand ie voy son regard qui va naurant les cœurs,
Quand ie voy sa beauté de l'ame charmeresse,
Ie suis au mesme temps espris de mille ardeurs,
Qui rauissent mon cœur d'vne extresme liesse.
Si bien que ie ne sçay, quand ie voy ces beaux yeux,
Si ie suis où en terre où bien dedans les Cieux:
Car les diuins plaisirs dont mon ame est éprise,
Me font croire que c'est vne diuinitè,
Que les Dieux ont vestuë de nostre humanitè,
Afin de desrober aux humains la franchise.

7.

Quand l'amour (se cachant des yeux de ma beautè)
Me blessa de son traict si doucement aimable,
Ie ressenty soudain tant de felicitè,
Que ie creuz hors des Cieux n'en auoir de semblable,
Si bien que aussi tost i'eusse mesme quictè,
Pour aimer ce subiect si doux & agreable
Le plus grand bien des biens, quand il eust consiste
En tout ce qui çà bas peut estre desirable.

Car amour par ces yeux tous plains de douce flame
Alloit naurant mon cœur, mes desirs, & mon ame
De mille traicts si doux & si delicieux,
Que ie croyois pour moy n'auoir l'ame rauie,
Mais que ce feust plustost vne nouuelle vie
Qui me vollust guinder tout droict dedans les Cieux.

L'Autheur sur vn brasselet de cheueux de sa Maistresse.

STANCES.

Brasselet façonnè de la main de ma belle,
Enrichy tout autour de ses dorez cheueux,
Les beaux liens d'amour à qui ie veux fidelle
Consacrer à iamais mon ame & tous mes vœux.
Belle chaisne d'amour, mon ame emprisonnee,
Aussi bien que ma main dans vos retz si subtils,
Aimeroit mieux mourir que d'estre desliee
De vos beaux nœuds qui sont les amoureux outils.
Gage tres-precieux que i'adore sans cesse,
Attendant le bon heur de reuoir mon beau iour,
Mon iour, mon beau soleil, & ma chere deesse,
A qui i'ay dediè mon eternel amour.
Et que i'ay de plaisirs & d'extresmes liesses
Alors que ie vous vois & baize mille fois!
I'estime plus aussi ces mignardes caresses,
Que non pas les thresors des Princes & des Roys.

Ma main vous va offrant brasselet tout seruice,
Et mon ame ces vers comme estant son vainqueur :
Mais si voullez de moy vn plus grand sacrifice,
Prenez ma main, mon ame, & mes vers, & mõ cœur.

CHANSON.

Plustost que changer la beauté
Qui m'a reduict à son seruage,
Et que telle desloyauté
Entre iamais dans mon courage,
Plustost m'arriue mille maux,
Mille peines & mille trauaux.
Que si ie luy manque d'amour,
Que mon ame comme inconstante
Apres ne viue pas vn iour,
Sinon en peine vehemente,
N'ayant pour consolation
Qu'vne durable affliction.
Que si iamais vn autre obiect
Est logé dedans ma pensee,
Et que si de quelque autre traict
On voit mon ame estre blessee,
Sinon des beaux de mon cœur,
Ie meure en peine & en langueur.

L'Autheur parlant de sa Maistresse.

Ma Maistresse est tant iolliette,
Plaine d'honneur, & tant sagette,

Belle mignonne & gentillette,
Blanche, iolie & mignardette,
Qui d'vne friande œilladette
Force mon ame à l'amourette:
Sa bouche tant nectarinette,
Sa petite iouë vermeillette,
Sa tant blanchette mamelette,
Belle mignarde & rondelette:
Sa main longue & yuoirinette,
Sa si naïfue façonnette,
Sa parolle tant iolliette,
Plaine d'appas, & tant doucette,
Sa cheuellure blondelette,
Bien cordellee & crespinette,
La rendent si belle & parfaicte,
Qu'à la seruir ie me delecte.

STANCES.

Amour dont les faueurs contentent nos desirs,
Amour dont le desir faict naistre mille flame,
Amour qui d'vn doux feu as embrazè mon ame,
Amour que ne viens-tu alleger mes souspirs?
Et quoy n'est tu point las de voir qu'incessamment
I'endure mille ennuis, & souffre mille peine?
Si tu veux rendre ainsi mon esperance vaine,
Faicts moy doncques bien tost entrer au monument!
Mais quoy amour ie fais en me plaignant ainsi,
Pource que la beautè qui ma l'ame rauie
Pourroit du monument me redonner la vie,
Iettant sur mon tombeau son regard adoucy.

De ſon œil que les Dieux ont faict naiſtre çà bas
Pour embraſer mon cœur d'vn feu ſi agreable,
Que ie me dirois bien eſtre plus miſerable,
Si i'en eſtois ainſi priué par le treſpas.
Auſſi m'eſt-ce trop d'heur, ie le confeſſe amour,
D'auoir dedans le cœur vne telle maiſtreſſe,
De qui le ſouuenir ſeul me met en lieſſe
Et en felicité, tant i'aime ce beau iour.
Beau Soleil qui a ſoy attire mes eſprits,
Et à qui tous mes vœux tournent droict leur carriere,
Que le Ciel pour guerdon me donne vne biere
Si de quelque autre amour iamais ie ſuis eſpris.

SVR L'ABSENCE.

STANCES.

Abſent de vos beaux yeux ie ne vis qu'en tenebres,
Et n'ay pour tous plaiſirs ſinon que des douleurs:
Mes beaux iours ne ſõt riẽ, rien q̃ des nuicts funebres,
Et mes contentemens ce noyent dans mes pleurs.
Si bien qu'abſent de vous qui conſolle ma vie,
Ie n'ay ſinon l'obiet de voſtre grand beauté,
Et le vœu que i'ay faict de vous rendre ſeruice,
Comme vn fidelle amant iuſques à l'eternité.

Sur les yeux de ſa Maiſtreſſe,

SONNET.

Beaux yeux tous plains d'amour, d'appas & de delices,
Beaux yeux plains de douceur, dont vous naurez les cœurs,

Beaux astres a qui les Dieux mesme font sacrifices,
Beaux soleils radieux d'où naissent mes ardeurs.
Petits freres iumeaux, qui sans nuls artifices (queurs:
Des Dieux & des humains vous vous rendez vain-
Petits Archers d'amour qui estes ses complices,
Pour me faire endurer mille & mille langueurs.
Ne cesserez vous point d'aller d'ardant mon ame
De mille traicts d'amour d'où procede ma flame ?
Mais nō, ie ne veux pas que vous cessiez, beaux yeux:
Car endurer pour vous sont des trauaux sans peines,
Ou plustost des plaisirs doux & delicieux,
Que ie resens couller doucement dans mes veines.

Sur les cheueux.

SONNET.

Beaux cheueux l'ornement du chef de ma beauté,
Riche toïson d'amour, belle perruque blonde,
Petits flots de splendeur, plains de diuinité,
Qui de force ou d'amour vous liez tout le monde.
Beaux liens qui rendu auez ma liberté
Prise dans les beaux nœuds de vostre tresse ronde,
Non ie n'auray iamais en rien la volonté
De quicter vostre joug d'amour source fœconde.
Car tousiours mes desseins, serfs de vostre desir
Auront de vous seruir vn extresme plaisir,
Bien que vous les ayez enchainez comme esclaues,
Mais d'vn lien si doux que mesme tous les Dieux
Voudroiēt bien estre pris dās vos retz, beaux cheueux:
Aussi n'auez vous point icy bas de semblables.

Sur les tetins.

STANCES.

Beaux tetins décorez de blancheur non-pareille,
Beaux tetins les appas de mille & mille cœurs,
Beaux tetins amoureux, du monde la merueille,
Beaux tetins tous semez d'amoureuse challeur.
Paradis des amours tout de neige & de flame,
Beaux boulets yuoirins d'vn beau sein mõ vainqueur:
L'amour se sert de vous pour canonner nostre ame,
Et pour faire fléchir soubs ses loix nostre cœur.
Et croy bien qui de vous n'auroit l'ame blessee
de mille traicts d'amour & la nuict & le iour,
Il pourroit (beaux tetins) se vanter du trophee
D'auoir çà bas vaincu le puissant Dieu d'Amour.

Sur les mains.

STANCES.

Belles mains qui m'auez ma liberté rauie,
Belles filles d'vn lys qui m'auez captiué
De vos mignards appas, rauissez moy la vie,
Ou bien redonnez moy ma chere liberté.
Car vous blessez mon cœur, & ie n'ay que pour armes
Rien sinõ que des pleurs que mes yeux vont versans:
Mais las, ie voudrois bien respandre plus de larmes
Et pouuoir amollir vos cœurs de diamans!

Mais ie me plains à tort, vrayment ie le confesse,
O belles & blanches mains, les merueilles des Cieux:
Car vous estans les mains de ma chere deesse,
Ceux qui souffrẽt pour vous sont çà bas trop heureux.

SONNET.

S'il arriue iamais que ie possede celle
Qui me tient asseruy dessoubz sa douce loy,
Ie ne voudrois changer vne fortune telle
Pour estre de çà bas le plus grand Prince ou Roy.
Amour qui est caché aux yeux de ceste belle,
Trauaille mon esprit d'vn si plaisant esmoy,
Que ie ne vas aimant, & n'adorant rien qu'elle,
Aussi ay-ie tousiours son Idée deuant moy.
Que de bon-heur aussi i'auray si vne fois
Ie la puis embrasser & baiser mille fois,
Luy contant mes douleurs que ie souffre pour elle.
Iouyssant du plaisir qui rend l'homme contant,
Et comble de tout bien le nectar sussotant
Qui est sur son beau sein, ou sur sa bouche vermeille.

BIBLIOTHEQUE ROYALE I

[Plustost mourir que changer.]

www.ingramcontent.com/pod-product-compliance
Lightning Source LLC
LaVergne TN
LVHW052036160826
845678LV00003B/1375

* 9 7 8 2 3 2 9 6 3 4 5 3 1 *